모든 사랑은 첫사랑이다

모든

사랑은

첫사랑이다

이병천 시집

도서출판 바람꽃

차례

1부

2부

3부

4부

5부

1부

가갸거겨 서시

수컷 펭귄이 맨도롬한 조약돌 하나 구하려고
작은 부리로 극지 언 땅을 파듯
내가 언어의 사금 광산을 평생 떠돈 이유는
단 한순간이라도 당신께서 나를
수긍하는 눈빛 좀 얻자 했음을, 짐작하시는지요?

시 짓는 일

꼭 사만 년 전, 부족장 큰따님 옷 짓는 일을 내가 맡았을 때, 그 애가 사정없이 내 뺨을 후려친 인연이 있었는데요. 옷감이라고는 아마亞麻 껍질 엮은 게 고작이었던 시절에 자기 치마만 유독 더 짧게 재단했다고 순식간에 당한 일이었습지요.

사만 년이 흐른 뒤 오늘은 그 애가 울면서 떠나갑니다. 그때나 지금이나 둘 사이 오해는 늘 베를 짜듯 꼬이는 것이라서 밥 짓고 옷 짓고 집 짓는 세상 남자 일 다 작파하고, 하나 남은 내 짓는 일, 시를 지으며 그 애 올 때까지 기다릴 참입니다.

섬

돌아보았더라면
서 있는 내가 보였을 것이다
끝내 너는 돌아보지 않고
나는 얼어붙은 섬이 되었다

볼 수 있어서 봄이었던 봄이 가고
서서 선 채로 서 있는 섬

안부를 묻다

청 사과에 과도를 질러 넣고
잠시 멍하니 앉았습니다
나눠지지 않은 척,
사과는 한동안 서로 꼭 붙어있는데
한쪽 집어 드는 순간
남은 반쪽이 벌렁 뒹구는 걸 봤죠

그대
아직은 버틸 만한지,
나처럼 자주 나뒹굴지나 않으시는지

첫눈

손이 차가운 그 애가 온다
깍지를 끼려고 하면
손이 차갑다는 핑계로 슬그머니 빼내곤 했다

그쯤 해서 녹아내리고
언제 그랬냐 싶은 게 사랑이었다

비록 구름 한 장 지나가듯 짧았어도
그 애 올 때마다 천지가 온통 환해졌다

네가 꼭 그랬다

당신 말고 초승달

서른 날마다 어김없이 나타나
내 방 창문을 기웃거리는 그대
이제 더는 날 찾지 말아요
그날처럼 눈짓을 흘리지 말든지
솔개인 양 그대 붙잡으려고
몸을 날릴지도 모르는 초사흘 저녁

녹슨 화로의 말

참숯이 아니면 가슴에 품지 않던 날들이 있다. 내 몸이 황동으로 만들어졌다는 헛된 과시 때문은 아니었다

쉬엄쉬엄 자랄수록 단단해지던 참나무는 도끼날을 받으면서도 저항하던 놈이었다. 나에게 안긴 뒤에도 이미 사윈 재를 들춰 볼 때면 시뻘겋게 충혈된 녀석 눈은 암팡지게 이글거렸다

그 애만 돌아온다면 지금이라도 나는 온몸 구석구석을 흐르는 구리선 같은 핏줄을 세울 자신이 있다. 오로지 그뿐, 천하의 명약도 나에겐 쓸모가 없다

그 애를 품었던 기억 때문에 나는 서둘러 녹슬고 있다. 발병發病의 원인을 나만큼 알 이가 없을 것이다

얼굴 속 얼굴

거울 반대편에 거울이 있어 거울 속 거울
그 안으로 끝없는 거울
두 물방울이 마주보면서 서로에게 비친 물방울
물방울 속 물방울

우리가 어느 한 시절 흔들리지 않고
눈동자를 맞추었을 때도
소실점 없이 반복되면서 서로에게 새겨졌던
얼굴 속 얼굴, 얼굴

스스로 원했으면서

칼날이나 가위, 심지어 책장을 넘기다가
손가락 베일 때가 많다
어쩌면 부드러운 피부를 진화 목표로 삼은
호모 사피엔스의 숙명일 것이다
그런 일 따위야 상관하지도 않지만
내가 원했던 일로 내가 아파하는 경우가
세상에 너무 많다
얼마나 너를 원했는지 헤아려보면 몹시 그렇다

고목이 누워

나를 흔들어 깨울 필요는 없다
쓰러져 화석이 된지 아마 오래일 것이다
몸 어느 구석에 숨기고 있는 앙칼진 옹이는
옛사랑이 틀림없다고 믿어도 좋다
그놈으로만 남아 세월을 거스를 요량이니
생애가 헐렁해질 때마다 와서 보아라
내 품 아래 어린 싹 하나 혹시 돋아나거든
잠든 사이 그대 다녀간 줄로나 짐작하리라

그 섬돌

돌로 쌓은 계단을 밟고 올라서면
그 애네 마루 앞에는 섬돌 하나가 더 놓여 있었다
마당에서 구슬치기를 하다 슬쩍 건너다보면
검게 반들거리던 마루를 내려올 때마다
그 애 흰 발부터 흰 섬돌에 닿았다
이팝나무 꽃잎처럼 갸름한 아이였는데도
납작하고 네모난 섬돌만 보면
언제나 그 애 얼굴이 스쳐지나갔다
섬돌이 그 애를 닮기로 작정한 듯했다
나중에는 돌이든 달이든,
나무나 꽃이든 다들 그 애를 닮아갔는데

다른 애들과는 달리
나는 감히 그 애네 섬돌을 밟고 선 적이
한 번도 없었다
거기는 너무 높고 순결한 곳

보나마나 내 가슴에 얹힌 체증滯症은

그 섬돌 하나

아직도 품에서 치우지 않았기 때문일 것이다

그 섬돌이 내 품으로 저절로 옮겨왔던 것이다

우도에서

우도에서 네 이름과 어감이 비슷한
찻집을 발견하고 들어선다
주인이나 손님 가운데 누구도 널 닮지 않았지만
오래 그 집에 머물렀다
전주 한옥마을에서도,
강릉 카페거리에서도 그런 적이 있다

사랑은 유리컵이었다

기우뚱하면서 거기 담겼던 즙액을 와락 쏟아내고
깨지는 순간
사방팔방 유리 파편이 날아가 콕콕 박혔다
무심코 발걸음 옮길 때마다
제거하지 못한 파편들이 나타나
몸속으로 아프게 파고들곤 했다

내가 사랑한 순간들

숙제 끝내고 아궁이 앞에 앉아 쇠죽 끓이던 때
마을 불빛이 하나둘
창호문 밖으로 새어나오기 시작할 때
언제쯤 쇠죽을 줄까,
우리 누렁이와 순한 눈 마주칠 때
눈보라는 그칠 기색이 없는데
밥 짓던 누이 콧노래 들려올 때

서로 다른 겨울을 지나서
다 큰 우리가 애써 인연을 찾던 때
무슨 얘긴가 꺼내려고 네가 침을 꼴깍 삼키던 때
뜸을 들일수록 두 눈썹이 자꾸 파르르 떨리던 때
좋다고, 알았다고
금방이라도 고개 끄덕일 것 같던 때

두루미 사랑법

우리가 전에 두루미로 태어나 한 생애를 건너간 날
들을 당신이야 기억하지 못할 테지만, 유가 선비들이
며 시인묵객마다 최고라고 칭송했던 우리들 사랑 방
식은 지금도 두루미 전통으로 남아 전해지고 있다네

저 애들은 말이죠. 마음에 든다고 곧장 사랑을 나누
는 법이 없어요. 우선 머리를 곧추세우고 하늘에 고한
답니다. 비나이다. 비나이다. 하느님 전 비나이다….
꼭 그렇게 말하듯 뚜르르 뚜르르 울어댑니다. 그래서
이름이 두루미죠. 그러고는 이어서 경중경중 춤을 춥
니다. 걸 그룹 크레용팝 아시죠? 시소를 타고 오르내
리는 것 같은 그들 안무는 아마 쟤들에게서 영감을 받
았을 겁니다. 저 춤의 의미는 이제 비로소 짝짓기를
시작하겠다는 거죠

수수만년 지나 사람 몸을 빌려서 한 생애를 견디는

오늘은 우리가 처음으로 선보였던 두루미 춤을 나 혼자 구경하고 있네. 하늘에 빌던 노랫말, 참 우아하던 당신 춤사위…, 사랑을 나누기 전까지 치르던 긴 초야 의식은 여전히 내 혈관을 흘러가는데

조개무지 설화

조개껍질을 강변에 쌓아둘 무렵부터
우리 부족도 차츰 융성해지기 시작했네
적敵의 무리 두개골을 마을 입구에 전시한 뒤로는
버리고 쌓아두는 게 자랑이었네

패총 옆에는
그대가 함부로 버린 낯익은 것들도 눈에 띄었네
긴 머리카락 가지런히 쓸어내리던 얼레빗도
한숨으로 자주 흐려지던 녹슨 청동 거울도
내가 엮어준 앵무조개 나전螺鈿 목걸이 구슬까지도

조개무지를 파헤치면 알 수 있을 것이네
전쟁에서 진 내 사랑도
언덕 올빼미 나무에 효수되고
빈 바람 울어대는 소라 껍데기 세월 속으로
아주 영원히 버림받아 묻혀버렸네

월동 무 이삭줍기

제주 월동 무는 싸가지 없이
싹 다 거두는 게 아니라네
주인이 반에 반쯤 남겨놓으면
마을 할머니들이 실한 놈 골라 시장에 내다 팔고
나 같은 뜨내기가 눈치 볼 것 없이 주워와
술국 끓이고
허기진 야생 노루들 양식으로 먹이고

당신 사랑도 제주 전통 미덕을 닮아가네
무 뽑은 지가 언제인데
내 가슴에 아직도 수북이 남은 이삭들

수마포 일기

낚싯바늘에 걸기는 했으나
다 잡은 물고기를 놓치고 말았네
사라져가는 녀석 꼬리에 한눈팔려
잠시 잠깐은 당신 잊기도 했네
서럽게 울음 터뜨린 그대 그림자부터 건져내느라
낚싯줄까지 엉켜버렸네

노을

서산 노을이 환장하게 곱다

저 너머 연인들은
아직 헤어지지 않았으리라

자귀나무 꽃

꽃은 이를 데 없이 고운데 무슨 이름이 그러냐고
누군가 웃었다더라
그렇지 네 이름이 자귀였지, 자귓대나무

끝없는 사랑을 꿈꾼 죄로 억울하게 죽임 당한 후
나무로 환생했다는 속설
낫이나 도끼 자루가 되어 원수를 향하고 싶었으나
다들 임자가 정해진 뒤라 할 수 없이
자귓대를 소원했다고 들었다

자귀도 예리한 칼이다만
사랑이 그리도 절통했느냐?

여름밤에도 서로 다리 오므리고 사랑하라,
사랑하라고
해 지면 남들 신혼 방 앞에서

이파리 접고 꽃술 흔들어대는

네 그늘 아래 쪼그리고 앉아 네 전설을 듣는다만

나는 아직 구제받을 수 없는 혼자어서

나도 실은 너다

도통할지도 모르는

성산포를 뻥 돌아 올레길 산책하는 데 딱 한 시간
새벽부터 눈 둘 데 많아서
순라군巡邏軍처럼 걸으면 한 시간하고 반
운기조식을 좀 하고 난 다음
시를 지어보자 매달리는 게 두어 시간
뇌세포에 구멍 날지도 모른다 싶어
눈 비비며 독서 두 시간
그게 하루살이 전부인데

먹고 자고 남는 시간은 그대 생각,
온통 그대 생각과 씨름하는 일
그게 요사이 내 화두

이러다 내가 정말 도통할지도 모르겠다
세상 처음 별스런 걸로 도에 통하는 참 도인이 될지도

2부

첫사랑

새로 피어나는 유채꽃 대궁에
꾀꼬리가 막 내려앉으려는데

순간에 놀란 꽃이나 서툰 새나
아직은 둘 다 싹수 노랗게 어려서

그저 꺽꺽거리는 변성기 구애에도
키득키득 웃으며 자지러지는 꽃

세화리 귤꽃

봄이 진작 오지 않았느냐고
보나마나 유채油菜네가
이웃 밭에서 호들갑을 떨었을 게다
우린 뭐하느냐고
철없이 어린 세화리 딸들이 볼멘소리를 해댔겠지

늙은 어미 귤나무가
누렇게 장성한 아들들을 주렁주렁 매단 채
흰 딸들 같은 꽃을 동시에 피워내고 있다
과실과 꽃이 공존하는 대가족 살림살이가 어지럽다

걸핏하면 시집이나 가버리겠다고 앙탈하던
너도 그땐 철부지였다
홀어미 모시고 살던 딸 가운데 하나였다

오늘 내 낚시 조황

낚싯대 하나 들고 오조리 방파제로 간다
눈먼 쥐치라도 두어 마리 건져갈까 하지만
바다는 영 내어줄 눈치가 없다
우도를 오가는 여객선이 고동을 울리는 사이
숭어 한 마리 느닷없이 펄쩍 뛰어오르고
…할喝!
잊었던 당신 얼굴이 수평선 위에 나타난다
내 어복은 오늘따라 더할 나위 없이 좋다

파도

바다가 혀를 빼물고 날뛰는 건 분명 사연이 있다

시침 뚝 떼고 있지만
대지大地가 바람을 피웠으리라

바나나 껍질 고考

알맹이를 빼앗기고 나서
금세 거무칙칙하게 울상을 짓던 이 껍질 녀석은
길 위에 버림까지 받은 뒤, 한 번쯤은
머리 검은 짐승들을 자빠뜨리려고 별렀을 것이다

나도 그랬다. 네가 떠나고
숫돌에 날 세워 갈던 못난 비수가 아직 가슴에 있다

해당화

혹시 몰라서 이름은 그대로 두고 성씨만 바꿨다는
산에 살던 산당화山棠花
물어물어 섬을 찾아 온 후에 더 아득해져버렸다는
바닷가 언덕 해당화海棠花

네이름사막

사람 하나 다녀갈 때마다
내 방은 한동안 사막으로 황폐해졌다
싱싱하던 화분이 풀 죽고,
방구석 어디에 서 봐도 갈증이 멈추지 않았다
잘 익은 밥이 입안에서 모래알마냥 서걱거리고

섬 끝까지 찾아온 방문자들로
나는 사막 이름을 부르곤 했다
김양호사막 형식이형사막 원영사막 삼병이사막
여태명사막 안도현사막 유환이사막
오래전 밟았던 타클라마칸이나 사하라처럼
적막해지는

한번 다녀간 적이 없어도
네 이름은 이름과 이름 사이를 낙타처럼 떠돌았다
눈 감으면 오아시스 감로수가 넘실대고,

늙은 야자나무가 등 뒤로 비파를 연주*했다

네이름사막 하나만

신기루까지 다 갖춰진 별천지였다

---

*반탄비파反彈琵琶

그날 처녀귀신에게 고함

젊었던 어느 날 밤,
혼자 엘리베이터를 타는데

잠깐만이요 하는 젊은 여자 목소리가 들리고
고마워요 하는 숨찬 인사까지 받았는데
거울에는 비치지 않던 얼굴까지 다 확인했는데

4층이었던가,
아이들이 숨바꼭질 하느라고 등장한 순간
흔적 없이 사라졌던 여자

그때 그 처녀귀신님,
내게 혹시 할 얘기 있었어요?

언제든 다시 오시기를,
기꺼이 나 그대 원혼 달래줄 방자房子가 되려니

내 사랑 매듭도 풀어주시기를

나도 좀 도와주시기를

낡은 단소 이야기

단소를 깎으며

내 아픔 대신하던 날들은 흘러가서 없네

사연 많았을 쌍골죽 베어

나만큼만 울어 달라 빌었네

화로에 달군 쇠꼬챙이,

취공吹孔 뚫으면 크허헉 첫 울음 터뜨리고

달래듯 쇠심줄로 몸통 엮어야

비로소 다소곳해지던 청성곡淸聲曲

지금은 다 잊은 설움인데

낡은 단소 저 혼자

중임무황태仲淋無潢太 빈 음계를 건너고 있네

거룩한 신앙

성산포는 지금도 섬 신앙이 살아있는 곳
바다가 기껏 무릎 아래라는 할망 신화*도 우러르지만
풍랑 앞에 누구든 머리 조아리는 곳

해안가 굿판이 심심찮게 벌어지고
하찮은 도로 공사에도 막걸리 세 병은 꼭 뿌리지
술집 사장은 제 소주를 마시면서도
고시레를 잊지 않는데

그대 신앙하는 나도
여기 정착한 후 신심이 두터워졌네

당신 먼저 한 잔, 나도 한 잔
홀로 술잔을 들 때마다 그대 이름 거룩해지는

---

*설문대할망 신화

아들 눈은 캄캄하네

눈이 캄캄하게 내리는 날
나는 창가에 붙어 서서
마을버스가 오가는지 살피네
오라는 데 없고 갈 데도 없이

왜 마실 오지 않느냐는 전화 성화에
어머니는 그러셨지
눈이 허옇게 내려서 시방은 못 나가!

어머니 눈은 허옇고, 아들 눈은 캄캄하네
가늠할 수 없이 멀어진 그대 나 사이
한낮의 어둠 속으로 사라진
그대 발자국이 어지럽네

걷다 보면 땅 끝

섬에서 걷다 보면 늘 땅 끝이었다

아니, 바다가 시작되었다

세상에! 육지보다 넓은 게 바다라는데

사랑은 내가 걸어온 길만큼 좁아서

후회가 저 파도처럼 밀려오는 법이구나

너 비어있는 자리가 이만큼 넓어서 사랑이었구나

땅 끝에 이르러서야 깨닫곤 했다

그 끝에 서서 사랑도 끝났음을 실감하곤 했다

우는 제비

밤새가 어지럽게 울면서 창문 밖을 날아다닌다
날면서도 운다
밤마다 해안가를 배회하면서 우는 제비 같다

나도 울면서 뛴 적이 있어서 그런 이름을 붙여주었다
사람을 다시 볼 수 없다면
뛰어서 자리를 벗어나야 했다

울어도 아무 소용이 없다는 걸 그때 이미 알았다
그러고도 더러 지금도 운다

우는 저 제비 불러들여 독한 술 한 잔 나누고 싶다
아마도 저랑 나랑 같은 울음일 것이다

반어법 훈련

내 어린 시절만 해도 쌀을 사면서 판다고 했지
막상 팔 때는 산다고 말하고

밥이 하늘이어서 그런다고도 했고,
쌀이 있거나 없거나 내색하지 않으려고 그랬다는
이 기막힌 반어법을 오늘 구사해야겠다

네가 가자마자 이상하게 숨통이 트이기 시작했다
네가 없어진 하늘 아래가 자유란 걸 이제 알겠다

그래도 봄날은 가네

그대 볼 수 있는 날들이 봄이라는 걸
그때 나는 이미 알고 있었네
이게 네 봄이야! 다시 오지 않을 봄이라고!
봄날 속 봄날에 잠겨서도
나는 매 시간 분초가 다 아까웠네
아까운 만큼 내 맘속에는 오로지 그대뿐이었네
그래도 봄날은 가네

흰 나비 엽서

절로 씨앗 떨어졌던 유채가

해변에 꽃불 지피고 있네

파도 한번 칠 때마다 수십만 나비 떼가

일제히 날아올라 군무를 하네

꽃과 나비도, 바다까지도

제각각 사랑을 하소연하는 것이겠지

저들 사랑의 말은 과연 무엇인지

한참 귀 기울여 헤아리다가

나도 한 번쯤은 무턱대고 소원所願해보리라

마음만 앞서 쓸 데 없는 엽서를 사러

꽃밭에 들긴 했는데

아서라,

파도가 두 팔 들고 일어나 올레길을 막아서네

낮술 한잔

—성산 일출봉을 보며

한라산이 건너다보이는 곳에서 성산 일출봉은 낮술
이 늘었다. 제 곁을 찾아오는 이들은 장사진을 이루었
으나 돌아간 뒤에는 흔적 없었다. 그리울수록 날로 우
뚝해지고, 아무 상관도 없는 먼 데 뱃고동이 품속에서
울곤 했다. 섬에 있는 삼백일흔 오름마다 한라산을 그
리워했다.

너는 내 사랑이어야만 한다!… 말은 내뱉지 못한 채
꼿꼿한 자세로 일출봉은 발아래 우뭇개 쪽 해녀의 집
에서 소주를 시켜 마시곤 했다. 잔 가득히 술을 따라
마시는 소리가 꿀꺽꿀꺽 마을을 가로질러 내 안에서
도 들렸다. 그가 낮술을 기울일 적이면 한라산이 유난
히 높아보였다.

그래, 시를 쓰자

무심한 그 사람 내가 살았는지 죽었는지 모를 테니까
소식을 전하기로 하자
나를 알리고 증명하자
전화도 편지도 다 막히고 끊어진 이 길에서

그래, 시를 쓰자
이런 초식이면 어떨까?

오늘도 그대 향기 품은 밤이 왔다
그대 다시 꿈꾸는 한 끝끝내 나는 살아있다

모든 사랑은 첫사랑이다 1

내 일찍이 주워들은 건 있어서
매화가 아니면 꽃이 아닌 줄 알던 시절이 있었다
아직 내 맘 한 구석에 고집이 남았지만
한때는 진달래가 아니면
진짜 꽃이 아니라고도 믿었다
이른 봄의 얼굴이 저 성품의 얼굴일 것만 같아서
연분홍 은은한 때깔에
눈이 완전히 먼 채로만 살았다
진달래 참꽃이 지고나면
더 기다릴 꽃도 없는 줄 알았다
당연히 궁벽한 시골 논 두럭 출신인 자주달개비나
겨울에 죽은 잡초더미에서
개불알꽃이 피는 줄 몰랐고
그 애들까지 다
꽃으로 부른다는 사실도 알지 못했다

세상 모든 사랑은 첫사랑처럼 온다
내가 알았어야 했다
당신이 가버리고 난 뒤,
새로 피는 꽃들은 모두 당신이다

모든 사랑은 첫사랑이다 2

광어나 우럭, 고등어는 물론
참돔까지 낚아본 경험으로도
수마포에서 놓친 첫 무늬오징어는
오래 내 맘에 남았다
걸리자마자 녀석이 파들파들 떨던 순간부터
나도 숨이 막힐 만큼 아팠기 때문인지도 모른다
인연은 그렇게 오는 게 아니다 싶었다

너는 다르다. 죽었다 깨어나도 다르다고
내가 믿었다
믿는 게 있어서
그날 오징어처럼 살아 돌아왔을 것이다
이렇게 살아서 또 너를 기다린다

누가 뭐라고 하든
세상 모든 사랑은 첫사랑이다

3부

너에게 가는 길

돌아가고 싶다며 오래전 옛 집을 가리키던 손
그 손톱 끝에서 부서지던 늦가을 볕 한 줌
내 눈길이 자주 머무르자 툭 떨어지던 탱자 한 알
저절로 마르던 네 눈의 물빛
이제 약속은 더 이상 없다던 아주 작은 네 목소리

이놈들이 바로
너에게 가는 길을 끊은 놈들 목록이란다
은산철벽銀山鐵壁처럼 가로막고 선 네 집 앞 건달들

핑계 따위는 아닌 것이
깃털 하나가 늘 새 어깻죽지보다 무겁더라

술시 줄다리기

오늘은 비바람 몰아치니까
술시를 좀 서둘러 앞당겨야겠다
당신 보고 싶은 마음에
바다가 순식간에 사나워지기 시작했다
내 술을 빼앗으려고 덤비는 파도는 처음 보았다
무슨 연유였는지 잊었지만
어제도 분명 술시 줄다리기가 있었던 듯한데
어쩌면 바다가 너무 평온해서 내가 대신
날뛰었는지도 모르겠다
핑계 없는 술도, 파도도 이 세상에는 없다

공무도하

― 임진강에서

강물에 내리는 햇살은
두 배 세 배 차갑거나 뜨거웠다
뱃사공으로만 사십 년, 내 머리가 백수된 이유다
머리칼만 파뿌리 된 게 아니라
말하고 싶어도 혀 굳고 입술 마르는 일들이
세상에 많았다
너는 더 이상 강을 건너지 말라고 애원하지만
아직껏 전하지 못한 내 고백 하나,
강 너머 저쪽 언덕바지 마을에도 사람이 있다
물이 차거나 배 들어오는 시각을
너처럼 손에 꼽던 사람
그 집 울 안, 무성하던 살구나무는 이미 고사하고
두레박 넘치던 우물조차
말라버렸다는 소문이 들렸다
나에게는 이쪽이 반, 저쪽도 반이었던 셈이다
그러니 이제 와서 어쩌겠는가?

내가 미치지 않았다면

강물이라도 미쳐야 마땅하리라

백수 광부狂夫, 나를 붙들고 우는 그대여

천 번 만 번 빠져 죽을지언정 남은 내 생애는

강 한복판에 있어야 그나마 옳다

우주 어딘가

은하계 너머 어떤 곳에는
지구와 똑같은 별이 얼마든지 있을 거라고 한다

지금 너를 그리워하는 내 모습이
똑같이 재연되는 그런 별도 있다고 한다

심지어 어떤 별에서는
내가 아직 사춘기라는데

원왕생 원왕생願往生…

내가 기어코 그 별로 가리라
너를 처음 만나던 장면이 막 펼쳐지는 곳

수자리나 살자

다음 생애에선 우리가 별이 되어 만나자
별이 될 수 없다면
서로 떨어져간 별에서 평생 수戍자리나 살자
별과 별 사이가 몇 억 광년의 거리인지를
나는 물론 짐작하고도 남는다
우리가 다시 포옹할 수 없더라도 소원할 뿐이니
다만 볼 수 있기를
국경과 국경 보초병으로 만나 대치할망정
다만 언제고 내 눈에 당신 담을 수 있기를

홀로 바둑을 두면서

꾀를 부려 홀로 바둑돌을 놓기로 한다
잠깐 무심해지기로는 꽤 그럴싸한 구상이었는데
돌을 공격하고 수비하는 게 똑같이 내 작전이라서
이렇듯 싱거운 일도 세상에 없다

너를 잊으려 꾀하는 일, 참 부질없는 짓이다

손가락이 아니면

손이며 손가락이 아니면
제대로 맛을 느낄 수 없는 것들

묵은 김치 가닥이며 치킨 조각
이윽고 사위어가기 시작하는 모닥불의 온기

그리고 지금이라면
무엇으로도 대체할 수 없는 것 중 하나

오래전 계곡 건널 때 처음 잡았던
콩닥콩닥 맥놀이 하던 네 손목의 떨림

꿈보다 해몽

내 곁을 지나쳐갈 때
그 애는 가만히 숨죽였던 걸 아는데
나는요, 미리 숨을 참고 있다가
그 애 아주 가까워졌을 때
도둑마냥
아주 깊게 숨을 들이마시곤 했지요

조금 달고 조금 따뜻하던 생귤차 같던 향기

코로나로 사람들 멀찌감치 떨어져 지나칠 때마다
오래전에 좋았던 그 애 숨결이
스멀스멀 다가온다는 건
이 터널 끝나는 곳에서
그 애가 마중할 거라는 얘기 아니겠어요?

흔들려도 억새밭처럼

더불어 흔들리면 풍경이 되는 걸

그 애도 지금쯤 알아차렸다는 뜻이겠지요?

이 또한 흘러가리라

세월을 이기는 장사壯士가 하나쯤은 있으면 싶네. 그저 배지기나 안다리걸기 정도가 아니라 녀석 배 밑을 파고들어가 결판지게 천하 뒤집기를 해내는

이도 그도 흘려보내는 세월이 사실은 서러웠네. 서러운 일조차 흘러가는 게 서러웠다는 얘기라네. 이 얘기조차 머지않아 흐르고 말 것이지만

나까지 흘러가는 날도 언젠가는 오겠지. 흘러갈망정 너와 나, 한 무더기로 간다면 굳이 세월 뒤집기도 원치 않네만, 서러워도 아직은 그대 다 흘러가지 않아서 좋은 날

저승은커녕

우리가 죽어서 너와 나는
틀림없이 저승 황무지에서 마주칠 텐데
네가 누군지, 내가 누군지도 모르는 채
우리가 또 한 세상을 바람으로 떠돌겠지
그러니 저승은 지옥이어서
서로 모르는 이들만 넘치는 곳일 텐데
우리가 어찌 알고도 모르는 척, 아니
진짜 모르는 사이여야 하는지 억울해진다

저승은커녕 이승에서 진작 헤어진 마당에
참, 쓸 데 없는 걱정 하나 늘었다

서산에 절하고

겨울이 되면서부터 해는

다랑쉬오름이 아니라 한라산 쪽으로

기울기 시작했다

한라산이 서산이 된 것인데

흰 눈 덮인 서산 정수리가 때마다 눈부시다

해가 지고 달이 나타나는 시각

그대 떠나고 후회가 밀려오는 시각

내가 놓칠 수 없는 불멸의 시간들이 이윽고 온다

절로 서산 머리맡에 떠오르는

그대 초상화 한 점 있어

깨끗한 종이 위에 그대 이름을 쓰고

맞아, 제사를 모시듯

초헌初獻으로 한 잔, 아헌亞獻으로 또 한 잔

음복하는 날들이 늘어간다

파도를 울리지 마요

기척도 없이 누워있는 밤바다를 본 적 있다
할 말이 없어서가 아니라
쌓인 말의 무게 때문이었으리라
그저 가만가만 숨을 고르고 있었을지도 모른다
새로 돋아난 잔별도 눈조차 깜박이지 않았는데
바람 한 줄기가 비명처럼 다가온 순간
일은 터져버렸다
누구도 말릴 수는 없었다
말리기는커녕 천지가 따라 울었다

그 지독한 파랑波浪이 그친 뒤, 방이 하나 내걸렸다
…파도가 사납게 날뛰며 통곡할 위험이 높으니 이
곳에 작은 한숨이라도 사사로이 무단투기하지 마시압

로또 판매점 앞을 지나며

심심찮게 돼지꿈을 꾸고
느닷없이 새똥 날벼락을 맞은 적도 많은데
정작 무슨 죄 있어
나는 저거 한번 당첨되지 않을까?
그건 그렇다 치고
전생에 지은 업이 도대체 얼마나 무겁기로
그대라는 이름의 로또
낙첨한 로또 하나가 두고두고 원통한 것인가?

낚시 매듭의 원리

낚시를 하려는 자, 목줄을 묶는 매듭에 대해 알아야한다. 수많은 매듭 중에 내가 익힌 건 서너 가지에 지나지 않지만 깜냥에 나도 원리를 깨달았다

줄을 제 허리에 두른 다음, 제 목구멍에 끼워 넣어야비로소 풀리지 않는다는 사실

우리 사이 관계도 그러했다. 나를 묶은 줄로 너를 묶어야 했다. 내가 내 몸을 묶은 뒤 너에게 다가갔어야했는데

그게 아니어서, 너는 그저 한동안 머물렀을 뿐인 헐거운 바람이 되고 말았다. 제아무리 질긴 줄로 묶고엮고 맺었다고 자신했을지라도

성산포 바람

돌풍에 휘말려 뒤집힌 우산이 지난겨울에 하나,
올봄 들어서도 벌써 둘이다
…여기선 우산으로 비를 가릴 수 없답니다
잠재우고 가라앉히면서 살자 맹세를 거듭했는데
이 바람 하나는 나도 못 이기겠더라
바람이 불 때마다 삭은 불씨들이
시도 때도 없이 되살아난다
성산포 온갖 바람 끝마다 당신이 실려 왔다
새벽이며 오밤중 바람,
마파람 높새바람, 훈풍 태풍 역풍까지
항복을 선포해버린 지 이미 오래다

즐거운 걱정거리

머리칼은 쑥대로 놓아두고 수염도 저 자라고 싶은 대로 방치했네. 늙은이처럼 손바닥으로 수염을 쓰다 듬는 버릇도 들였네

만에 하나 그대 역시 입술 칠하는 일을 잊었다면 안 되지. 한번 핀 꽃은 고개 떨군 뒤에도 꽃이라고 내가 했던 말 잊지 않았겠지

수염이 자란 사연을 안다면 입술을 다시 칠할 텐가? 그대 세월 붙잡아두는 조건으로 나 먼저 달려온 수염 이었으니까

이제 슬슬 두려워져서 쑥대밭을 갈아엎고 문패도 새로 칠하려고 작정했네. 그대가 혹시 오다가다 나를 지나칠까 하는 기우杞憂 때문이라네

내 몸 단방약

그새 내 몸은 물컹해진 부위도 있고
오히려 내 몸 아닌 듯 행세하는 곳도 생겨났네

이를테면
엄지발가락은 온몸을 강물처럼 출렁거리게 하느라
저 갯바위처럼 날카로운 못이 들어앉았고
심장은 너무 뛰다가 테니스공처럼 터져버려서
지금은 여간해서 부풀어 오르지도 않네

이따금 내 몸 어딘가가 뒤척거리는 소리를 듣지만
눈도 귀도 다 믿을 건 못 되고
소문 무성한 약방문藥方文도 쓸 데 없었네

어디,
천하 묘약이라는 사랑 하나 구할 수 있으면 몰라도

전에 볼 수 없던 꽃들

일찍이 작별 예견하고 그대와 골짜기를 오갈 때, 그대 눈길 닿는 자리마다 내 눈빛도 무슨 징표로 새겨놓았네. 가버린 뒤에 언젠가는 나 홀로 찾을 게 뻔했으니까

오늘 비로소 저 눈부시게 꽃 핀 나무들…. 알아? 알아 그대는? 따뜻하던 그대 미소가 눈을 떠서 환하게 피어난 꽃자리

아니야, 아니야. 저녁 바람 거세지고 다 피기도 전에 고개 숙여 낙화하는 것들을 좀 봐. 빛나던 기억일수록 터무니없게 추락하는

괜찮아, 괜찮아. 기억에 기억이 덧씌워지면 추억에도 변이송이 생겨나는 설 내가 알거든. 그대 모르세 새로 피어나는, 전에 볼 수 없던 꽃들

거리두기

바이러스가 저승사자처럼
길을 휩쓸고 다니는 게 쉽게 목격되었다
섬에서는 아무 근거도 없이 태풍이 불고
공포영화처럼 그림자가 일렁거렸다

젊은 아가씨를 우연히 마주치고
섬뜩해진 적도 있었다. 미안했다
거리두기는 팥죽을 뿌려 역귀疫鬼를 따돌리는
미신 풍습에 지나지 않았지만
할 수 있는 게 그것뿐이기도 했다

독재정권의 계엄군처럼 행세하는 바이러스 군단,
4·3이나 5·18 전야가 이랬을까 싶을 때마다
식은땀이 솟고
안녕하신지, 인간의 음성으로 문안하려면
목부터 우선 가다듬어야 했다

나는 아니라고,
아닌 척해야만 하는 수상한 시절에 갇혀

타인과 거리를 둘수록, 먼 당신이 사무쳤다

하얀 꽃 천지

삐비꽃 찔레꽃 이팝나무 꽃까지 하얗게 피어나는데
그대 밝게 빛나던 이마는 흰 그림자로 지워지고
잊지 않으리라 부릅뜨던 내 눈썹도 하얗게 쇠어가고

4부

대야 지나는 길에

얼마나 드넓어서 대야大野인지 가늠이 끝나거든
거기 산허리에서 내려오기 전, 한 번은 꼭 절을 하자
볍씨 만 섬이 뿌려져 백만 목숨을 구했다는데
살아 돌아오는 낯빛들이 바로 저 황금이었겠구나
이왕 고개 숙인 김에 또 다시 절을 하자
내 가슴에도 만 섬 볍씨로 심어진 말, 그대 고백
썩지도 죽지도 않는
백만 섬 탄화미炭化米로 쌓여있다

단짠신쓴

고작해야 세 치 혀 안에도
내 생애가 설계되어 있는 걸 오늘 알았네

단짠신쓴….
혀가 느끼는 맛이라고 어릴 때 외웠던 순서가
바로 우리 사랑의 지하철 노선이었네

달고 진한 주스를 나눠 마시던 시간은 짧고
소금을 너무 친 듯 짜디짠 날들도 지나고
익지 않은 시디신 세월이 한참 오고 가더니

이제 남은 건 쓴맛 구간뿐이네
소주 한 모금 목구멍에 넘기다가 알아버렸네

무지개가 뜨는 이유

누군가 날려 보낸 비눗방울이 내게로 날아왔다
손가락으로 콕 찔러볼까 하는 참에
동그란 단면을 따라 서려있는 무지개가 보였다
아니, 네가 이런 하찮은 데 숨어 있었다니!

무지개를 잡아보겠다고 산을 넘던 날들이 떠올라
비눗방울을 가만히 손바닥에 올려놓고 싶어졌다
그리고 드디어 잡았다고 희열에 들뜬 순간,
비눗방울도 무지개도 허무하게 터져버리고 만다
그냥 신기루도 아니고, 신기루 속 신기루였던 건데
무지개는 결코 손쉽게 잡을 수 있는 게 아니었다

붙잡지 못한 것들은 모두 무지개로 되살아난다
너야말로 무지개였다
적어도 나는
너를 잃은 대신 무지개를 얻었다

바다만큼

바다만큼, 이라는 표현은 하지 말았어야 했다
이렇게 소금으로만 남는 사랑이 어디 있다더냐
바다가 메말랐다는 말도 들어본 적이 없는데
어쩌면 칠년대한이면 바닥 드러나더라는
어느 하천만큼, 딱 그만큼만
가득 넘쳐서 흐르다가 쩍쩍 갈라지던
갈라진 입술 틈새 허연 거품 자국만 남겨놓은
우리 너와 나

계기일식 있던 날

낮달이 태양 앞에 버티고 서서
그 큰 놈을 태우다 만 소지燒紙처럼 띄워 놓았으니
달이 힘없는 백성을 대신해서
제를 지내고 소원을 비는 일이었구나
해를 가려 장막을 친 채 막고 서서
쥐구멍에도 볕들 날 있어야 한다고
상소하는 일이었구나

오냐, 나도 희망을 좀 가져도 되겠다
가려진 내 맘을 당신이 찾아내고 울음 우는 날이겠다

중산간 돌담 무덤에 앉아

간지럽다고, 너무 간지러워 죽을 것 같다고
그 풀밭에서 우리는 지금 어디로 유형된 것이냐
가시 울타리로도 모자라
손 한번 뻗어 간지럽힐 수 없는 돌담에 둘러싸인 채
지금은 달챙이로 누룽지 긁듯 해도
간지럽기는커녕 무덤 속처럼 캄캄해졌을 그 여자
귀밑머리를 시작으로 사지四肢에
파들파들 번져나던 웃음은
대체 내 몸 어느 구석에 심어두고 떠나갔느냐
떠나가면서 검은 화산석火山石 쌓아 막기조차 했느냐

찌르레기 넌 누구냐

같이 살자고, 그래 그럼 따라오라고
고추잠자리 한 쌍이 장마 그친 하늘로 솟구칠 때
찌르레기 한 놈이 나타나
아귀처럼 덥석 물고 사라진다

그대는 혹시 보았는지
눈 깜짝할 새 우리 사랑을 거둬간 게 무엇인지를

나는 물고기자리

새벽에 잠 깨면 수마포에 출근한다
돌아오면 바다 쪽 의자에 앉아 하루를 보내고
해가 지기를 기다려 다시 포구로 향하는데

하루 열 시간 이상 내가 잠겨드는 바다
이러다 살아생전에 물고기가 될지도 모르겠다
그대가 애완하던
서양 죄수복 차림의 열대 관상어 니그로* 같은

그렇구나. 내 태생은 본시
물고기자리 맨 끝 꼬리별 중 하나
돌아가야 할 곳도 어쩌면 그곳

_____

*시클리드cichilid 열대어종의 하나

별똥별에 빌고 싶거든

찰나에 사라지는 별똥을 보면서
긴 소원 따위 빌지 말 것
너무 빨라 그럴 틈이 없다는 걸 알고도 만든
바보들의 미신이니
별똥과 별똥 사이
넉넉한 시간을 두고 작은 소망이라도 품어볼 것

아직 그 별 하나
안간힘을 쓰며 그대 눈앞에서 떠나지 않는 동안

칠석인데

칠석인데 아직까지는 빗방울 눈물이 비치지 않는다

견우나 직녀 누구 하나는

바이러스에 감염된 모양이다

코로나는 천상의 전설까지도 바꿀 기세인데

나는 요지부동하고 앉아서

구름이 모이기만을 소망하고 있다

일 년에 하루 만나는 저들이

내 남은 날 내내 부러워도 좋다

전설 덕분에 나도 오늘은

한바탕 흠씬 젖어보자, 하다가

천하의 일이 어찌 이리 다를 수 있는지

탄식도 해 본다

지상에서야 변하지 않는 건 아무것도 없다

한번 가버린 뒤로 끝내 돌아오지 않는 너만 빼고

바다와 눈씨름 한판

시시때때 광치기 해변에 나가
바다와 눈씨름을 하곤 했다
바다는 겨울을 지나면서 꽤 순해졌는데
아마도 내 눈에 그새 독이 올랐기 때문일 것이다

여름부터는 눈에서 독기를 풀어내기로 결심했다
내 생애가 이토록 강퍅해진 건
결코 그대 때문이 아니다
작정하고 올 봄까지만 눈을 흘기고 있기로 했다

안개꽃 꽃말

이제 제발 풀어줘요 제 이름에 채워진 족쇄를
지금도 저는 어딘지 모르는
전설 속으로 끌려가고 있어요
눈에 씌워진 안개, 귀를 막는 바람소리를
이제 그만 풀어줘야 해요
아직도 마냥 저를 안개로 보시는가요?
저를 가두고 묶은 기억도
그대 오래전 잊으신 걸 알죠
잊으셨잖아요?
하지만 잊지 않았다 약속하시면,
그것만으로도 충분해요
저는 언제든 기꺼이 안개꽃입니다

저 두견새 울음 운다

우리나라 방방곡곡 어디서든
와서 울지 않는 곳이 없다는 새
두견이가 나 있는 곳 네 박자로 찾아 운다

산촌 살던 외사촌 형
쪽박 바꿔 쪽박 바꿔… 그렇게만 운다던데
멱을 감는 우리 동네 아이들은 유별나게
홀딱 벗고 홀딱 벗고… 약 올린다 여겼었지
어디더라, 두견이와 강변에서
평생 동안 살았다는 중 노인은
큰 누님이 시집가서 큰 누님이 시집가서…
뒷얘기는 없다는데
접동 접동 아우래비 접동 접동 아우래비…
김소월金素月이 북녘 전설 시로 썼던 그 접동새

제아무리 들어봐도

오늘 새벽 두견이는 내 앞에선 달리 운다

훌쩍 가고, 훌쩍 울고, 훌쩍 가고, 훌쩍 울고

겨울 꽃을 보다가

유채가 다시 꽃을 피우기 시작했습니다
동지가 내일 모레인데 감자, 당근 꽃도 개화했구요
성산에서 행원, 북촌 너머까지 올레길 주변에
겨울 꽃 신기하고 걱정도 커서
이 무슨 부질없는 망발인지 모르겠습니다

아차, 저 꽃들은 말고
없는 당신 기다리고 멈춰 선 나 말입니다

나도 보았다

제주 화산섬 축제를 알리는
가로등 아래 배너 광고가 밤비에 젖었다
바람이 거세지면서 초록 치마에 흰 셔츠,
춤을 추는 그 애가 나타나고

보세요. 내가 왔잖아요!

오들오들 떠는 그 애 환영과 나란히,
길이라도 건널 것처럼 서서
밤늦게 우산을 받쳐 들고 선 게 오늘로 세 번째다

네가 온 걸 나도 보았다고, 전하고 싶다

너는 시가 되었구나

사냥감을 뒤쫓아 눈 폭풍이 몰아치는 밤길을 나선다. 너를 향한 시 한 편, 실마리를 붙잡기 위해서다

장갑이며 마스크 목도리까지 중무장하고 길을 뚫지만, 전투 경험이 많은 일등 전사戰士처럼 내 눈을 집중적으로 찔러대는 눈보라의 창끝

아하, 너는 지금쯤 상징 속으로 몸을 숨긴 시가 되었겠구나. 그래서 옛 자취라도 찾아보려면 눈부터 질끈 감아야 하는 아득한 존재가 돼버렸구나

새 프러포즈

아무래도
저 소낙비를 맞으러 나가야 할까 보다

깜냥으로는 거칠게 살아왔다고
돌베개를 마다치 않았다고
기꺼이 찬 밥덩이를 밀어내지 않았다고
더불어 갈옷을 입을 줄 알았다고
피는 꽃을 즐겼어도 지는 꽃 또한 아꼈다고
하더라도
소낙비 회초리 좀 더 아프게 맞아야겠다

뒤늦게나마 후회를 하려는 게 아니다
내 남은 기억에 바치는 새로운 프러포즈일 뿐

직립 보행에 대하여

바람 부는 날 갯바위에 나갔다가

넘어지는 바람에 무릎이 깨졌다

우리가 직립 보행을 하지 않았더라면,

자빠질 일도 없을 텐데 하고 생각했다

직립하지 않았더라면 너를 만났더라도,

헤어졌더라도 아프지는 않았을 텐데 하고 원망했다

후회할 게 아직도 많다

수백 핑계를 다 갖다 붙여도

아픔이 가시지는 않았다

그럭저럭

어둠이 내리면 우뚝하던 산들이 발밑을 다져 흔들리지 않으려 애쓰고, 바다는 자꾸 몸을 뒤척거려 낮게 평형을 맞추네

아, 천지가 온통 뒤바뀐 지진의 틈바구니에서나 그대 볼 수 있을 텐데, 굳이 고백하면, 우리는 안 되는데

내가 모르는 작은 별 하나가 산에서 내려와 바다를 유영하네. 저 혁명의 별, 당신이 보낸 거 맞지?

아니다 아니라고 마을의 불빛 깜박이는 거 알지만 그렇다 그렇다고 내가 믿어서 오늘도 고요하게 깊어지는 밤. 오늘도 그럭저럭 흘러가는 밤

하현달을 보았다

초승달에서 더는 말고 하루쯤 뒤
내가 그 애를 특허 등록할까 했었는데요
당시는 그 눈짓에 녹아내리지 않는 게 없었답니다
아주 잠깐 망설이고 머뭇거리는 사이
그 애는 남들 앞에서 깔깔대면서 웃기 잘하고
웃을 때마다 눈이 반쯤만 열리는
좋은 시절을 보냈지요
오다가다 가로등 밑에 서서 슬쩍 곁눈질해보면
불러오는 배를 은근히 자랑하던 때도 있었고요
만삭이었다가
이윽고 몸을 다 풀고 난 하현下弦의 밤
언젠가 하늘 중턱을 혼자 내려오던
그 애가 안쓰러웠는데
어찌어찌 홀몸 되어
뒤돌아보는 남자들도 없다는 소문

한바탕 세월 가고, 이제 내가

여위는 달을 사랑할 일로 뜨거워집니다

5부

이승에는 이쯤 하고

그래, 이번 생애엔 이쯤이면 됐지 머
억울하면 다음에 다시 오지 머

노루오줌 코딱지풀꽃 며느리밑씻개 애기똥풀 같은
것들이
지는 해에 얼굴 발그레 물들 무렵

해금에게

기껏해야 두 줄, 깽깽이가 뭘 할까 싶으면서도
어디 한번 들어보자, 가만히 귀를 기울였더니
애이불비哀而不悲 애이불비
슬퍼도 비통해하지는 말라고 하는 것 같긴 한데

얘도 참, 저는 막상 머리를 쥐어뜯으며 울고 있으니
말리는 놈이 더 통곡하면서 위로하는 경우는
살다 살다가 너 처음이다

세상에는
남들보다 남들 슬픔을
더 깊이 흡수해버리는 가슴도 있다

월식

말하지 않아도 그대 원하는 것이면
내가 귀신같이 알아채던 날들 가고

이제 그대에게 소용없어진 신통력이
내 그림자에도 속아 뜯어 먹히는 밤

용눈이오름에 올라

마을 언덕에서 내려다보면
그 애네 굴뚝 밥 짓는 연기가 제일 높이 치솟았다
딸 부잣집이어서 그런다고 아이들이 수군댔지만
그 애네 모두 이사 간 뒤에도
연기는 하늘로 잘도 뻗쳐올랐다
오랜 뒤까지 나는 자주 언덕에 올라봐서 안다

오늘 용눈이오름에 올라서니
한라산이며 일출봉, 멀리 엎드린 우도까지
한눈에 들어오는데
해변에 납작 엎드린 집집마다
굴뚝 연기가 쿨럭쿨럭 피어나는 환영
그 애 슬픈 외눈 하나가 용 눈처럼 치뜨는 걸 본다

바람

땅속 무 구덩이에 바람 들 무렵
그 애가 바람났다는 소문이 바람결에 들려왔다

하늘 아래 바람 없는 곳이 어디 있으랴만

그해 봄은 좀 이른 편이었다
바람이 성급하게 신바람을 낸 탓이라고 했다

빈 술병

술이 다 떨어진 빈 병을 오래 바라본다
그것조차 쉽게 버리지 못할 때가 많다
버리려면

비어버린 내 가슴부터 폐기처분해야 했다

태풍주의보

지난 태풍에 검은 바위 아래서 갈매기가 죽었다
무리에서 떨어져 지내던 놈이라고 지레짐작했는데
새로운 태풍 예보가 있던 날
여기저기 죽은 새들이 일시에 날아오르는 게 보였다

갈매기를 묻어주고 장례도 좀 치러줄 걸,
태풍주의보가 발령되고부터 소멸하는 동안
내 안에서는 이미 숨진 것들이 끝없이 비상하곤 했다

모슬포 대방어

바람도 파도도 거친 곳인데
모슬포 사람들은 어떻게 삽니까?
방을 얻으러 간 길에
젊은 여자 공인중개사에게 물었다
그저 바람개비처럼 살아가지요
모슬포 방어들처럼 살아야지요

바람개비 같던 여자,
파도에 미끈해진 대방어 같은 그 여자
젊어서 벌써 한 소식消息 들었던가본데
돌풍에 날아온 자갈 맞은 듯 내 머리도 덩달아 깨친다
여자가 두 손에 들어 보인 바람개비와 모슬포 방어는
진작 해탈하고도 남았으리라는 사실

소년과 그대와 나

나이가 들수록 어린 날의 내가,
젊은 날의 내가 불쑥불쑥 내 앞에 나타난다

그 소년, 그 청년
언제 어디서든 참 철없던 녀석
세워놓고 회초리로 흠씬 패주고 싶을 때도 많은데

그때마다 그 가엾은 녀석 곁을 지키고 선
빛나는 눈매 하나 있어

…그대, 언제고 살아나는

나였던 소년, 나였던 청년을
나는 그저
가만가만 어깨 두드려 돌려보내곤 한다

다음 역은 봄날역

다음 역은 봄날역입니다
내리실 분은 미리 준비하시기 바랍니다

여기서 내렸다가는 또 한 해 동안
봄날 미망에 갇힐 것이다
그대 먼저 하차한 뒤로는 긴 터널의 연속이었다

내릴 수도 없고 냉큼 올라탈 수도 없는
남들 꽃가루에 둘러싸여 내 몸살을 앓아야 하는
마냥 전염병 같은 봄날 열차가 또 다가오고 있다

열차가 곧 도착합니다
손님 여러분께서는 한 걸음 더 물러서서
탑승 여부를 결정하시기 바랍니다

민망한 고백

티브이를 켜둔 채 낮잠을 청하는데
어떤 여가수 노래 한 소절이
무례하게 귓전을 파고듭니다
다시 사랑할 수 있게 해달라고 비는 대목쯤 이르러
목침으로 뚝뚝 떨어지는 값싼 내 눈물

언제부턴가 생판 모르는 사람이
울고 있는 장면만 비쳐도
다짜고짜 따라 우는 습관이 배었습니다

이거, 그 사람이 알면 안 됩니다

꽃이라면 어느 계절에

가을이 가까워지자 새 꽃들이 돋아나온다
성산포 내 단골집에도
젊은이들이 길을 트기 시작했다
이제 저들이 꽃밭을 이루고
나는 잡초로 밀려날 것 같은 뿌리 깊은 예감
어디로 가야 새 얼굴일 수 있을까?
여기는 그대 없는 마을
어느 계절 모퉁이를 빌려 서서야
마치 꽃인 양,
나도 잠시나마 어깨 흔들어볼 수 있을까?

너는 없는 집

너 살던 집 냇가 건너편에 서면 가을 밤 물빛은 피라미처럼 반짝거리고, 네가 손 흔들던 창가에 다른 누군가의 사랑이 뜨거워지는 걸 훔쳐보네

한때 제방이 넘치도록 큰물 지던 날들을 기억하는 사람은 가고, 내 가슴을 홍수처럼 가득 채우던 무엇들도 저 아래 여울에 닿으면 급하게 흘러내릴 것이라는 예감은 무서웠네

너를 볼 수 없어도 돌아서지 못하는 길. 귀뚜리 여치 떼가 모인 달빛 합창이 서러운데, 발밑 그늘 때문에 더 살아나는 억새꽃처럼 네 눈에 어리던 미소도 밤새 서늘해지고

서늘한 미소도 미소가 틀림없겠지. 이제 곧 냇물이 얼어붙고 멀리 깜빡거리던 불빛은 따뜻해질 텐데, 언

길 미끄러워도 네 미소를 따라 홀로 건너야겠네. 여전
히 너는 그 집에 없어도

두고 보아라

모래내 앉은 소녀들 빨래 끝내시면
기다렸다는 듯 달려오던 바람처럼
나도 다가가
네 웃음을 마냥 뽀송뽀송하게 만들고 싶었다
지금도 세탁기에서 꺼낸 셔츠를 널다가
옛 천변 바람을 만났는데
두고 보아라
어느 한순간 네 눈 젖어들 때 불어올 바람은
틀림없이 나일 것이다

창난젓을 맛보다

살아서 소금에 절여진 날들 많았으니
바다로 돌아가면
나는 금방 짠물에 익숙해지리라고 믿는다
더는 절여질 일이 없어도
절여진 시간만으로도 싱싱해진 명태 배를 갈라
내장에 다시 굵은 소금을 친다고 들었는데
창난이여
네 이름을 듣는 순간부터
비장한 맛이 내 안에 스몄다
나 또한 명태가 되고 명태 아가미가 되고
명태 아가미 창난이 되어서까지
그 사람 입안에 감치는 시기가 한 번은 올 것이다
그때 비로소 소금만으로 맛이 들었다 말하지 않고
내 지나온 날들 모두가 발효였다는 걸 알게 되리라
그 사람,
내 곰삭은 세월에 혀를 내두르고도 남으리라

혼자 콩나물을 삶다 말고

익기 직전이면 김치가 어김없이
한 차례는 미쳐버린다 하지
제 몸에 소금 뿌려지고 고춧가루를 뒤집어쓰고도
미치지 않는다면 사람도 아니겠지
그런 뒤에야 날이 갈수록
참 맛이 속속들이 배는 것이겠지

콩나물이 삶아지기 전까지는
뚜껑을 열지 말라는 말도
아이 셋 낳기 전에는
선녀에게 옷을 내주지 말라는 그런 뜻이었을까?
길을 가되 뒤를 돌아봤다가는
소금 기둥으로 변한다는 경고였을까?

혼자 콩나물을 삶다 말고 뚜껑을 열어본 적이 있다
정말이지 돌로 바뀌고 마는지,

하늘로 날아가 버리는지
까짓것, 손해 볼망정
내 눈으로 직접 확인해보고 싶었다
그때 어김없이 홱 토라져서 풍겨나던 비릿한 냄새
내 재주로는 다시 되돌릴 수 없이 사라져버린 맛

사실은,
콩나물을 삶다가 수없이 묻고 싶었다
너는 어디로 가서
지상의 육안으로는 찾을 수 없게 된 선녀인지를

마두금을 배워야겠다

새끼를 출산하는 고통 때문에
낳고나서도 젖을 주지 않고 외면하는 어미 말을
마두금馬頭琴 선율로 달랜다고 하더라
북이든 대금이든, 제아무리 열두 줄 가얏고든
치유 받지 못하는 내 아픔은 어찌할거나
말을 돌아설 수 있게 만든다면
나 하나쯤 쉽게 길들일 유행가라도 있을 법하지만
돌이켜보면 내가 시를 지으면서도
나 자신조차 끝내 구제하지는 못하였다
인간의 꼬인 심사가
몽골마보다 뒤틀려 있기 때문일까?
차라리 내가 말이었더라면 쉬운 일이었을까?
드넓은 초원에 먼저 나를 세워봐야 알 것 같다
거기선 십 리 밖을 본다는
과분한 시력이 걱정이긴 해도
밤 별 하나가 코 앞 가로등만큼씩 커 보인다고 해도

거친 바람과 소금 한 줌을 맞들일 수 있는 날

이윽고 나도 마두금 두 현絃을

찬찬히 다스려보리라

딩아 딩 딩 디이히힝!…

내가 아니고 돌아선 그대,

한 번은 꼭 불러 달래보리라

내 벗을 위한 자서전 대필 메모

육이오 직후에 태어나 전쟁 없는 시대를 살았다

소싯적에는 불우했으나 서른 넘어서는 혼자 일어
섰다

때마침 삼십 이립而立이 마냥 꿈같이 어려운 세상은
아니었다

아이를 낳아 가르치는 일 따위로 걱정한 적이 없고

몸속을 파고든 질환이 없었으니 그럭저럭 복스러
웠다

학창 시절 젊은 얼굴에는 최루탄 흉터 자국을 달았
어도

훗날 아이가 누릴 자유를 얻어낸 대가라고 보면 피
장파장이었고

스스로는 오히려 훈장 같은 것이라고 믿었다

자유나 민주가 소금 이상 귀하고 무섭던 시절 얘기
였다

다행히도 문명이 꽃핀 때를 타고나서, 누구 말마따나

가마꾼 두셋은 자동차가, 나무꾼은 보일러가, 빨래
는 세탁기가

모두 다 대신해주는 식이어서 옛날 옛적 부자들로
치면

하인 서른 명을 거느린 것과 같은 삶이었다

거기다 분수를 알고 자족했으니 더 바랄 게 무엇이
겠는가?

책을 읽고 싶으면 굳이 필사할 필요도 없이 펼치면
됐는데

얻은 지식을 지킨 바람에 뜬소문 따위에는 부화뇌
동하지 않았다

사람들과는 시장 상인들만큼 알고 교류했으며

이름을 찾아 불러주는 이웃들 때문에 더러 우쭐해
질 때도 많았다

부언하자면 생애가 과분했던 셈이다

다만 하나,

옛 사람들에 비해 서른 배쯤 외로운 게 병이라면 병
이었는데

떠난 뒤로 돌아올 줄 모르는 사람까지 있어

남은 평생 먼 곳까지 나가 서성이느라 무릎 연골이
남아 있지 않았다

반딧불이

지금도 내 머릿속에는
어린 시절을 밝혀주던 반딧불이가 산다
불씨를 지폈으나 끝내 타오르지 못한 불꽃도
어쩌면 있을 것이다
내가 거의 그럴 뻔했다
평생 반딧불만큼 불씨를 지핀 사내였다, 나는
쏘시개가 몹시 추졌으나
다행히 불을 일구어 그대 사랑한 일 하나만,
오로지 하나만
내 생애가 더는 피울 수 없는 최고 불꽃이었다

하여튼 봄이 오면

회령이나 무산, 아니면 도문 쪽 강 마을에 방 한 칸
얻으리라

훗날 통일이 오는 날

언 강을 깨서 일부러 허리를 구부정하게 숙여 낚시
하고

식은 구들장을 달래기 위해 사흘에 하루쯤은 나무
꾼으로 살아가리라

그곳은 아주 춥고도 험한 국경 끝 마을, 네가 따라나
설지 의문이지만

열려있는 남쪽 섬이라고 해도 어차피 너는 오지 않
는다

등피는 내 잘 닦으니 호롱불을 사야겠다. 심지 돋우
면 훤해져도

끄시름 냄새가 방 안에 퍼질 때쯤이면 네 기억도 차
츰 희미해지겠지

식량 없다 부엉 땔감 없다 부엉, 어린 날처럼 부엉이

우는 밤에는

여우나 곰, 백두산 호주戶主 영감까지도 더러 문 앞
에 와서 울 텐데

하루 딱 세 마리만 건져낼 물고기를 세상 공평하게
나눌 수 있겠구나

하나는 장마당에 내다 팔고 하나는 안주로 굽고

나머지는 들짐승에게 던져주면서 늦게나마 철이 들
어갈 것이다

비탈 밭에서 거둔 감자와 옥수수가 방 윗목에서 몸
을 뒤틀 무렵

폭설에 파묻힌 이웃이 마실 오라 청하면 기꺼이 길
을 뚫어야 하리라

살아온 내력을 소설로 쓰자면 열 권도 넘을 거라고
말하는

강촌이든 산촌이든 거기 태를 묻은 촌로들 얘기에
귀를 기울여야겠다

호롱불에 손가락을 녹여가면서 내가 만약 시를 쓴다면

너는 얼마나 따뜻한 시가 돼줄지 벌써부터 두근거리지만

나는 아직 섣부른 어부에다가 초부樵夫에 지나지 않을 뿐

빈 종이로 밤을 새운다 한들 더 이상 절망에 빠지진 않을까 한다

때로는 호사스런 남쪽 열차가 도착하면서 우웅 웅, 기적을 울려대겠지

그러면 나도 역까지 구경나가서 낯선 이들을 하나하나 마중할 것이다

너는 내가 살 수 있는 구실이라고, 맘속 비밀을 열차에 태워 보내고

하여튼 봄이 오면 그곳 역사 한 구석

진달래를 나무지게에 꽂고 앉았을 폭삭 늙은 노인

네가 바로 나다

작은 거인의 휘파람 소리

_김양호 · 소설가

작은 거인의 휘파람 소리

등단 사십 년 만에 이병천이 생애 첫 시집을 낸다고 한다. 세상에 별일도 많다.

지난 1981년과 1982년, 시와 소설이 연거푸 신춘문예에 당선 된 이후 소설만을 발표해왔던 그가 외도 아닌 외도를 감행한 것이다. 문단사로 보든 한 개인사로 보든 이건 분명 하나의 사건이다. 진짜로 외도하다 본령으로 돌아온 시인의 고해성사로 보아야 할지, 늘그막에 과거를 뒤적거리는 하릴없는 문사로 보아야 할지, 아니면 다른 그 무엇인지, 어쨌든 이 대답은 오로지 시집에 담긴 시가 답해야만 한다.

과연 그 답은 무엇이 될 것인지, 필자는 오래 망설이며 원고를 밀쳐두었다. 답이 무엇이든 민망하고 곤혹스런 심사가 아주 없지는 않았기 때문이다. 기어코 원고를 펼치는 순간 바로 알았다. 묶여진 시들은 과거의 추억이나 회한을 만지작거리는 넋두리도, 돌아온 탕아의 고해도 아니었다. 이병천은 지난 사십 년 내내 여일하게 시인으로 살고 있었다. 청춘의 열정이나 삶의 원숙미만을 읊는 시가 아니었다. 그냥 시詩, 말 그대로 해설이 필요 없는 시 자체였다.

그리고 또 여러 번, 이번에는 떠안은 발문 청탁을 무르고 싶다는 후회가 밀려왔다. 설명이 필요 없는 간결하고도 깔끔한 시에 왈가왈부하다가 자칫 시의 맛을 해치지나 않을까 하는 노파심이 앞섰기 때문이다. 고사하고 싶은 생각에 슬쩍 글빚 청산을 타진해 봤지만 해설이 아니라 발문이니 부담 없이 써 달라는 작가의 뚝심에 지고 말았다. 어쩔 수 없이 꿈속에서 뀌준 돈 받으러 가는 실없는 사람이 되지나 않을까 걱정하면서 쓰는 글이라 살얼음판을 걷듯 좌고우면 조심스러웠다. 하지만 다시 마음을 가다듬고 시를 읽어가면서 놀라기 시작했다. 어쩌면 이렇게 긴 세월 동안 시에 대한 숨결이 한결같을 수 있을까? 다른 시인들과 비교하기 쉽지 않은 독특한 자신만의 시풍詩風을 이리 만들 수 있다니… 그저 놀라웠다.

원고를 서너 번 완독한 후 창문 너머로 바라보니 초

사흘 달이 떠 있다. 잠깐 떴다가 사라지고 마는 초승달이다. 초승달처럼 눈짓을 흘리는 그녀를 붙잡으려고 몸을 날릴지도 모른다는 시구가 떠오르면서, 마치 하얀 섬돌 하나 가슴에 들어앉은 것처럼(「그 섬돌」) 먹먹해지고 말았다. 술 한잔 마시지 않고는 견딜 수 없는 그런 심사였다. 필자가 아는 이병천은 지금도 여전히 그녀를 붙잡으려 몸을 날리고 있는 사람이라는 기억이 떠올랐던 것이다.

> 서른 날마다 어김없이 나타나
> 내 방 창문을 기웃거리는 그대
> 이제 더는 날 찾지 말아요
> 그날처럼 눈짓을 흘리지 말든지
> 솔개인 양 그대 붙잡으려고
> 몸을 날릴지도 모르는 초사흘 저녁
>
> ─「당신 말고 초승달」, 전문

그는 언제나 욕망하고 지향하고 몸을 던져 날리고 있는 자유로운 영혼을 지닌 진솔한 사람이다. 먹고 살기 위해 직장생활을 하면서도 평생을 자유로운 가객으로 살아온 타고난 예술가이자 남도의 얼이 배인 문인이다. 시집은 시인의 부드럽고 섬세한 예술가의 면면을 바탕에 깔고 그 위에 때론 유장하고 호방하게, 때론 삶을 부둥켜안고 온몸으로 몸부림치는 진검승부의 자세를 적나라하게 보여준다.

이 시집을 통해서 우리는 일견 잃어버린 사랑을 찾아 세상을 주유하는 방랑시인의 면모를 느낄 수도 있을 것 같다. 동서남북이라는 지리뿐 아니라 그는 사만년 전의 사랑을(「시 짓는 일」) 소환하기도 하고, 까마득한 시절 저 편에서 두루미로 살던 날들을 (「두루미 사랑법」) 반추하기도 한다. 시구의 면면에는 시인 자신의 자아 저 깊은 곳에서 욕망하는 구애의 몸짓들이 흘러넘친다. 하지만 천하에 명약이라는 사랑 하나 구하고 싶은(「내 몸의 단방약」) 시인의 욕망은 사랑에만 국한되지 않는다. 멈출 수 없는 구애의 대상은 아름다운 여인일 수도 있지만 인생 그 자체일 수도, 또는 시어 몇 줄일 수도 있고, 내일의 역사일 수도 있다. 어느 방향이건 시인이 갈구하는 욕망은 언제나 첫사랑을 대하듯 지극하다.

그의 사랑시를 읽으면 "당신이 내게 봄바람처럼 불

어오면 나는 여름 폭풍우가 되어 당신에게 달려가겠습니다"라는 중국 속담이나 "당신이 바람 부는 강변을 보여주면 나는 얼마든지 그곳에서 쓰러지는 갈대의 자세를 보여 드리겠습니다"라는 황동규 시인의 시구가 떠오른다. 부드럽되 경박하지 않고 뜨겁되 지나치지 않는, 평사낙안平沙落雁에 줄줄이 알관주를 쳐야할 시구들을 읽고 나면, 만지자마자 손이 타버리는 사랑시에 건배하고 싶은 마음에 목이 탔다.

> 새로 피어나는 유채꽃 대궁에
> 꾀꼬리가 막 내려앉으려는데
>
> 순간에 놀란 꽃이나 서툰 새나
> 아직은 둘 다 싹수 노랗게 어려서
>
> 그저 껙껙거리는 변성기 구애에도
> 키득키득 웃으며 자지러지는 꽃
>
> —「첫사랑」, 전문

노란 유채꽃에 막 내려앉으려는 노란 꾀꼬리를 첫

사랑으로 비유한 이 시는 읽을수록 명징한 영상으로 눈앞에 떠오른다. 이처럼 선명한 동영상이 그려지는 시는 과문한 필자로서는 다른 곳에서 읽어본 기억이 없다. 읽을수록 감칠맛이 나는 절창이다.

때로는 호사스런 남쪽 열차가 도착하면서 우웅 웅, 기적을 울려대겠지

그러면 나도 역까지 구경나가서 낯선 이들을 하나하나 마중할 것이다

너는 내가 살 수 있는 구실이라고, 맘속 비밀을 열차에 태워 보내고

하여튼 봄이 오면 그곳 역사 한 구석

진달래를 나무 지게에 꽂고 앉았을 폭삭 늙은 노인네가 바로 나다

—「하여튼 봄이 오면」, 부분

시집 맨 끝에 수록된 이 시의 마지막 행에서는 그의 또 다른 첫사랑에 대한 소망과 삶의 깊이를 함께 읽을 수 있다. 오늘은 아직 아니지만 내일은 반드시 오기를 바라는 통일은, 아니 반드시 기필코 와야 할 통일의

그날은 시인이 오매불망 기다리는 연인의 모습으로 투영된다. 통일은 작가가 아무리 폭삭 늙어도 결코 포기할 수 없는 첫사랑, 이 땅에 태어난 작가가 숙명으로 만나는 또 하나의 첫사랑이다. 그리하여 오지 않는 너는 다름 아닌 통일이며, 감감 무소식인 통일은 당신의 상징이 된다. 때로는 호사스런 남쪽 기차가 도착하는 낡은 역사에 쭈그려 앉아 나무지게에 진달래를 꽂고 앉은 늙은 노인네가 자기라는 구절에서는 마침내 만나야 할 우리, 죽어서도 만나야 할 우리라는 민족의 화두가 숙연하게 드러난다. 숙연하면서도 간절하고, 간절하면서도 아픈 시다.

이병천을 처음 만난 건 9인 소설집 『두 번 결혼할 법』의 해설을 써달라는 청탁을 받은 2015년 가을이다. 해설이 오고가는 와중에 그를 만난 후 묘한 기시감이 들었다. 생각하는 거나 행동이나 기호품이나 취미가 필자와 비슷한 면이 많았다. 마치 쌍두사 같았다. 비슷한 성격은 극과 극이라서 서로 밀어내든지 찰싹 붙든지 둘 중 하나인데 다행인지 불행인지 이병천과 필자는 여러 면에서 의기투합하는 편이었다. 얼마 되지 않아 속내를 나누는 사이가 되었다. 그렇게 그를 알아가면서 우리는 고전적인 의미 그대로의 벗이 되었다.

전주 인근인 완주군의 시천에서 이병천은 태어났다. 시천詩川이란 지명을 처음 들었을 때 의아해서 재우쳐 물었더니 실제로 마을 이름이 시천이며 마을 한복판을 흘러가는 시냇물도 그렇게 불렀다고 한다. 시천에는 전라도 농촌에서 흔히 볼 수 있는 모정茅亭이 있고, 이병천은 거기 추억 하나를 들려준 적이 있다. 옛 문호들의 정자에서나 볼 수 있는 편액은 언감생심 거적문에 돌쩌귀 같은 것이었고, 명색이 시천이었던지라 누군가가 그저 모정 기둥에 붓으로 쓴 글귀가 있었다고 했다.

말하기 좋다 하고 남의 말은 말을 것이 / 남의 말 내 하면 남도 내 말 하는 것이 / 말로써 말 많으니 말 말을까 하노라.

열 살이 채 되기 전부터 시천의 냇물에 먹을 감고 놀다가 모정에 누워 뜻도 모른 채 읊조리며 저절로 외워진 게 이 시조였다고 한다. 언어유희와 중의법이 잘 버무려진 것으로 유명한 시조 한 편이 이제 막 글을

읽기 시작한 어린 가슴에 들어왔으니, 그가 자라서 무엇이 될까? 시천 개울물에서 물장구치며 자라난 이병천이 시인이 되는 건 아마도 팔자였을 것이다.

이병천과 함께 전주 한옥마을길을 걸었던 일이 떠오른다. 그때 그가 어디선가 들려오는 남도창을 듣다가 턱을 당기고 아랫배에 힘을 준 채 타령을 따라 불렀다. 그러더니 골목길 허술한 술집으로 들어섰다. 찌그러진 양은 주전자에 담긴 막걸리와 인심 푸짐한 안주가 차려졌다. 이 빠진 낡은 사발에 막걸리를 마시다가 흥에 겨워지면 저절로 흘러나오는 게 조지훈 시인의 완화삼玩花衫이었다.

구름 흘러가는 물길은 칠백 리 / 나그네 긴 소매 꽃잎에 젖어 / 술 익는 강마을에 타는 저녁노을이여….

막걸리는 술시가 되어 황혼이 깃들기 시작할 때 마시기 시작해야 어울린다는 그의 얼굴에는 남도의 풍류와 정서에 대한 애착과 자부심이 새겨져 있었다. 다음 날, 밤늦도록 마신 술이 채 깨지도 않은 채 해장국집에서 마시던 모주 맛도 잊을 수가 없다. 그는 필자에게 전주를 알게 해준, 그 자신 또한 전주의 일부였던 문사였다.

삼십 년 동안 PD로 근무하다 퇴직한 이병천은 이후 전라북도문화관광재단 대표를 4년 동안 지냈고, PD로 재직할 때는 혼불문학상도 만들어냈다. 2011년 제정된 이 문학상은 현재까지 11회째 공모전을 개최하여 문단에 새로운 문학의 바람을 불러일으키고 있다. 그가 재단에 재직할 때 뮤지컬로 만든 제3회 혼불문학상 수상작 『홍도』를 같이 관람했는데 "여러 번 봤지만 볼때마다 눈물이 난다"고 젖은 눈으로 말하는 여리고 감수성 풍부한 문인이기도 했다.

그런 이병천이 전주에서의 삶과 직장생활을 마감하고 제주도로 가겠노라는 말을 처음 들었을 땐 고개가 갸우뚱해졌다. 시인이 전주를 얼마나 사랑하는지, 남도의 정서를 얼마나 애틋하게 보듬어 안고 사는지를 익히 알고 있는 터라 그런 결정이 선뜻 가늠되지 않았다. 제주에 연고가 있느냐고 물었더니 없다고 했다. 그런데 왜 그리 낯선 곳으로 떠나려 하느냔 질문에 그냥 섬에 가서 지내고 싶다는 대답이었다. 번잡한 인간관계를 떠나 제 자신을 고립된 장소에 던져놓고 싶다는 것이었다. 담담하게 내뱉는 말을 들으며 의구심이 들었다. 과연 과거와 완전히 단절한 채 물 맛, 바람 맛 다른 곳에서 얼마나 버틸 수 있을까? 솔직히 한두 달 머물다 올라오는 건 아닐까? 자그마한 배려에도 늘 손을 내젓는 여린 성격으로 혹여 상처나 받지 않을까? 뼛속까지 남도 바람에 젖어있는 사람이 생면부지의 타향에서 어울려 지낼 수 있을까? 낯가림이 심한 시인의 심성이 얼마나 상처받기 쉬운지 아는 만큼 걱정스러웠다.

　　지금도 내 머릿속에는
　　어린 시절을 밝혀주던 반딧불이가 산다
　　불씨를 지폈으나 끝내 타오르지 못한 불꽃도
　　어쩌면 있을 것이다
　　내가 거의 그럴 뻔했다
　　평생 반딧불만큼 불씨를 지핀 사내였다, 나는
　　쏘시개가 몹시 추졌으나
　　다행히 불을 일구어 그대 사랑한 일 하나만,
　　오로지 하나만
　　내 생애가 더는 피울 수 없는 최고 불꽃이었다
　　　　　　　　　　　　　　　―「반딧불이」, 전문

직장에서 물러난 다음 날 바로 섬으로 떠나겠다는 시인의 발목을 잡은 건 바로 필자였다. 갈 때 가더라도 기나긴 직장생활에서 받은 스트레스도 풀 겸 여행을 가서 며칠 쉬고, 머릿속도 정리한 다음 가라고 소매를 붙잡았다. 내 친구 별장이 있는 곳이어서 그냥 왕복 비행기 삯만 준비하면 된다는 거짓말로 유혹하기도 했다. 또 완강하게 손을 내젓는 사람을 반 우격다짐으로 몰아세워 택한 여행지가 베트남의 최남단 푸쿠옥이란 섬이었다.

함께 일주일 동안 다녀온 푸쿠옥은 이병천이 담긴 선명한 수채화를 필자에게 고스란히 그려 주었다. 잔잔한 남태평양의 파도가 밀려오는 수평선과 치마를 휘날리며 플라멩코를 추는 무희처럼 늘어선 야자수들, 에메랄드빛으로 빛나는 바다, 부드러운 바람, 강렬한 햇살, 수평선 아래로 쑥 가라앉는 낙조, 태양이 침몰하는 바닷물 속으로 황혼이 지면 밤하늘에서 반짝반짝 모스 부호를 쏟아내는 별들, 그에 화답하듯 명멸하기 시작하는 작은 어선의 불빛들까지…. 그런 풍취에 빠져들었는지 아담한 야외수영장이 있는 식낭에서 식사를 하던 시인이 풀로 뛰어 들었다. 개구리헤엄을

치는 모습은 어릴 적 시천에서 멱을 감던 어린 소년, 그대로였다. 물 묻은 머리를 손빗으로 몇 번 쓸어 넘기고 자리에 앉은 시인이 갑자기 어깨를 모으고 턱을 당기더니 '푸쿠오옥'하고 닭 우는 소리를 흉내 냈다. 새벽에 들으니 푸쿠옥의 닭은 그렇게 울더라는 거였다. 박장대소 하고 나자 눈물이 났다. 왜 웃고 나면 눈물이 나는가 싶으면서 문득 시인이 특이한 능력이 있다는 생각이 들었다. 소리를 문자로 바꾸는 능력이다. 해금 켜는 소리가 "애이불비 애이불비哀而不悲…"슬퍼도 비통해 하지는 말라는 소리로 들린다는 시구를 읽자 (「해금에게」), '과연'이라는 말이 서슴없이 터져 나왔다.

푸쿠옥을 다녀 온 다음 날, 이병천은 미련 없이 제주로 훌훌 날아갔다. 오체투지 하듯 섬으로 향하는 그를 바라보는 필자로서는 온갖 상념이 떠올랐다. 그는 왜 연고가 없는 섬으로 유배를 자청하는가? 그리고 그곳에서 어찌 유형流刑의 삶을 감수하려고 하는가?

섬은 원래 예술가를 끌어당기는 마력이 있을 것이다. 사람들 사이에 섬이 있다. 그 섬에 가고 싶다던 정

현종 시인의 시처럼 섬은 스스로 유배된 장소다. 섬은 일상적인 풍경을 매력적 언어로 환골탈태 시키는 힘을 지니고 있다. 그 섬에서 이병천은 책을 읽고 시를 쓰고 가끔 낚싯대도 바다에 던지면서 그렇게 살고 있다. 섬은 자신의 품에 들어온 모든 사람을 가리지 않고 받아들인다. 유배된 자가 유배된 자를 조건 없이 받아들이는 격이다. 아무런 연고도 없는 섬으로 홀연히 떠난 것은 스스로 유배자가 되기를 자처한 것이다. 스스로 선택한 귀양이다. 그런 면에서 이병천은 섬에서 사는 또 하나의 섬이다.

　　돌아보았더라면
　　서 있는 내가 보였을 것이다
　　끝내 너는 돌아보지 않고
　　나는 얼어붙은 섬이 되었다

　　볼 수 있어서 봄이었던 봄이 가고
　　서서 선 채로 서 있는 섬

—「섬」, 전문

귀양은, 타의에 의한 것은 형벌이지만 자의에 의한 것은 결단이며 일상에 젖은 육신을 정화시키는 선택이다. 섬이 예술가를 끌어들여 유폐시키는 데는 켜켜이 쌓인 세월을 마그마로 분출시키는 활화산처럼, 내면에서 끓고 있는 시혼 몇 알을 마침내 영롱한 보석으로 토해내라는 의미가 숨어있다. 그처럼 토해내고 싶은 응어리가 시인의 명치에 걸려 있던 게 아닐까? 그 응어리 때문에 몸과 마음이 상처받았다면 치료법은 응어리를 토해내는 것이 되어야 한다. 그리고 토해내는 응어리는 결국 모래알을 진주로 만드는 조개처럼 응축된 시어로 터져 나올 수밖에 없다. 그것이 참숯을 사랑해 품었던 죄로 녹슬어가는 화로의 (「녹슨 화로의 말」) 자가진단이 아니었을까? 하여튼 이병천은 섬으로 떠났고 그리고 일 년 만에 시집 한 권을 묶어냈다.

그렇게 이병천은 지금 제주도에서 혼자 살고 있다. 표연히 떠난 이병천은 외롭다고 말하는 자 외롭지 않고, 고통스럽다고 말하는 자 고통스럽지 않다는 말을 미간에 새긴 채 산과 바다와 바람과 돌무더기를 가슴에 안고 이 년째 또 다른 소망과 씨름하고 있다. 그런 그를 보면서 필자는 한 가지 욕심이 생겨났다. 필자에

게 전주를 알게 해주었듯 그는 또다시 제주도를 알게
해줄 것이라는 기대다.

시인을 만나기 위해 서너 번 찾아간 포구는 맑게 출
렁이는 바닷물을 내려다보는 거친 현무암이 돌올하게
솟아있는 작은 해변이다. 별빛 쏟아지는 어두운 밤 그
해변에 앉아 술잔을 기울이며 이백의 독작獨酌과 장진
주將進酒를 우리는 서로 번갈아 읊었다.

하늘이 만약 술을 사랑하지 않았더라면 / 하늘에 주
성酒星이 없었어야 하리라 / 땅이 만약 술을 즐기지 않
았다면 땅에 또한 주천酒泉이 있지 않았으리라 / 하늘
과 땅이 이미 술을 사랑했거늘 / 술 마시는 일이 부끄
러울 게 무엇 있겠는가?….

어쩌다 흥이 나면 이병천은 선착장의 계선환繫船環
에 의지해서 불어오는 바람을 맞으며 거친 파도를
향해 낚싯대를 던진다. "내 술을 빼앗으려고 덤비는
파도는 처음 보았다"고(「술시 줄다리기」) 삿대질하듯
낚싯대를 휘두르는 시인의 풍모는 검은 갈기를 휘날
리며 뒷발로 일어서는 백마, 가리온을 연상케 한다.
그 풍경을 보면서 필자는 골리앗을 향해 돌팔매를

던지는 작은 거인의 모습을 떠올리며 혼자 낄낄거리
기도 했다.

　마지막으로 시집 원고를 처음 읽었을 때 받은 느낌
을 다시 덧붙이고 싶다. 어느 시편이든 허투루 읽어낼
수는 없었다. 더러 옷깃을 여미고 책상에 다시 앉기
도 했다. 종이 위에 박힌 활자 몇 개가 눈앞에서 번쩍
였다. 그건 등 따숩고 배부른 선에서 성장하길 멈췄던,
나태했던 내 정신에 박히는 얼음송곳이었다.
　시를 읽다가 때로는 술잔에 다시 술을 가득 채워 마
시곤 눈을 감고 몸을 뒤로 젖힌 채, 필자에겐 사라져
버리고 없는 청춘에 분노하기도 했다. 사람을 가장 생
생하게 불타오르게 만들면서도 결코 멈추는 법 없이
지나가버리고 마는 청춘이 미웠다. "내가 신이라면 청
춘을 인생의 마지막에 두겠다"는 말은 언제나 가슴을
시리게 했다. 그런 청춘이 아직 이병천의 손아귀에 있
다. 낯선 타향에서 바다와 술과 사랑시에 둘러싸여 그
는 여전히 청춘이기를 욕망하고 움켜쥐고 있는 중이
다. "술은 내가 마시는데 취하는 건 바다"라는 이생진
시인의 시를 온몸으로 체감하며 태평양을 뚫고 솟아

오른 태양이 가장 먼저 얼굴을 보이는 바다에서 사랑을 낚고 사랑을 기다리고 사랑을 소망하는 삶을 살아가고 있는 이병천이 부럽고 질투가 난다.

비운 잔만이 다시 채워진다. 사십 년의 세월이 담긴 술잔을 한입에 털어 넣고, 이제 비워버린 잔에 무엇이 담길 것인가? 아마도 지난 2016년에 발표한 장편『북쪽녀자』같은 처절한 소설이 나올 수도 있겠다. 아니면 오히려 필자가 전혀 예측할 수 없는, 또 다른 기막힌 이야기가 튀어 나올 수도 있을 것이라는 기대감이 덩달아 얼굴을 갸웃 내밀면서 눈을 반짝인다. 틀림없이 이병천은 그렇게 새로운 무엇인가를 창작해낼 것이라고 믿는다.

아무래도 자귀나무가 꽃을 피우기 전에 이병천에게 한 번 더 다녀와야 할까 보다. 그가, 그가 담고 있을 무거운 고적孤寂이, 그가 품었던 녹슨 사랑조차도 그리워지는 아찔한 봄밤이다. 그렇다. 모든 사랑은 첫사랑이다.

　성산 일출봉 그림자 아래를 거처로 정하고 내 스스로 유배의 길을 떠나왔다. 주변에 가시 울타리부터 두른 다음 한 해 사백여 편의 시를 썼다. 성산의 거친 바람이 그렇지 않아도 스산했을 내 가슴을 휑하게 채찍질한 덕분이다.

　이참에 사람을 만나 사랑하고 그리워하고 절망한 일만 따로 백 편을 추려 내 생애 첫 시집으로 엮는다. 시집 제목으로 유난을 떨게 된 이유가 그 때문이다. 공자가 시경詩經의 시 삼백이 사무사思無邪라고 했다던데, 나에게 다가온 시편詩片 일백은 무사무無思無인 셈이다. 당신 생각이 없이 쓴 시는 아예 하나도 없다는 뜻이다.

　그렇더라도, 그대 그리워하는 마음까지도 이제는 떠

나보내야겠다. 이 시집은 그런 의미에서 어쩌면 떠나가는 배의 끄트머리 고물쯤 될 것이다. 오랜 날들을 그대와 함께 했으나 여기 시의 한 구절처럼 다시 사만년을 기약할 도리 밖에….

　여름이 끝나갈 무렵이면 모슬포로 배소를 옮길 작정이다. 섬의 동쪽 끝에서 서쪽 끝까지 간다. 마라도가 코앞이니, 국토 전체로는 최남단까지 흘러간다. 모슬포 삶은 또 어떨지, 그다음에는 어디로 어떻게 향하게 될지, 고개 들어 헤아려 보고자 하나 이 새벽은 가까운 바다조차 온통 해무에 덮여 캄캄하기만 하다. 아직도 매사 캄캄한 게 신기할 지경이다.

2021년 봄을 보내며

이병률

모든 사랑은 첫사랑이다

초판 1쇄 인쇄 | 2021년 6월 14일
초판 1쇄 발행 | 2021년 6월 22일

지은이 | 이병천
펴낸이 | 권영임
편   집 | 윤서주
디자인 | 여YEO디자인

펴낸곳 | 도서출판 바람꽃
등   록 | 제25100-2017-000089
주   소 | (03387) 서울시 은평구 연서로22길 16-5, 501호(대조동, 명진하이빌)
전   화 | 02-386-6814
팩   스 | 070-7314-6814
이메일 | greendeer@hanmail.net / windflower_books@naver.com
홈페이지 | https://blog.naver.com/windflower_books

ISBN 979-11-90910-03-3 03810

값 11,000원